I0686167

LE

CHANSONNIER

NIÇOIS

PAR

JULES BESSI.

NICE.

IMPRIMERIE CAISSON ET MIGNON.

1868.

LE

CHANSONNIER

NIÇOIS.

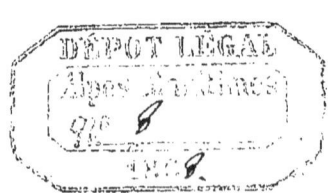

LE

CHANSONNIER

NIÇOIS

PAR

JULES BESSI.

NICE.
IMPRIMERIE CAISSON ET MIGNON.

—

1868.

LE CHANSONNIER NIÇOIS

HYMNE A L'ÊTRE SUPRÊME.

AIR : *La feuille languissante.*

Père de l'univers, divine intelligence,
Bienfaiteur éternel des aveugles mortels,
Tu révelas ton être à la reconnaissance,
Qui seule en ce bas monde éleva tes autels.
Ton temple est sur les monts, dans les airs, sur les ondes,
Tu n'as point de passé, tu n'as point d'avenir,
Et sans rien occuper, tu remplis tous les mondes
Qui ne pourront jamais, jamais te contenir.

O toi qui du néant ainsi qu'une étincelle,
Fit jaillir dans les airs l'astre immense du jour!
Verse en nos cœurs sans foi ta sagesse immortelle,
Embrase les mortels de ton divin amour!
Des bourreaux inhumains délivre ma patrie,
Chasse les vains désirs, l'infâme orgueil des rangs,
Le luxe corrupteur, la basse flatterie,
Ne soumet pas le peuple aux pouvoirs des tyrans!

Pourvu que de nos cœurs tu reçoives l'hommage,
Que t'importe l'autel? ton culte est la vertu;
Pour défendre nos droits donne-nous du courage,
Tout combat dans ce monde ou tout a combattu.
Protége mes lecteurs, protége mes lectrices,
Inspire le poète à bénir ta bonté;
Encore un vœu, Seigneur, ce vœu fait mes délices :
Donne au pleuple opprimé sa sainte liberté!!

2

A NAPOLÉON III.

Cantate sur l'air : *Venez enfants de la belle Italie.*

France, aujourd'hui, ton drapeau tricolore
Flotte partout, tu peux lever le front,
Fille de Mars que l'univers honore,
Tu peux marcher sans craindre aucun affront.
Nous le savons « Dieu protége la France » !
Mais retrouvant ta grandeur d'autrefois,
Chante celui dont on craint la puissance :
Honneur, bonheur, à Napoléon trois !

Chante celui qui calma tes alarmes,
Qui t'aime encor, qui t'aimera toujours,
Qui sait du pauvre essuyer bien des larmes,
De l'opprimé venir à son secours.
Grâce à lui seul tout un peuple respire,
L'astre divin dirige ses exploits,
On reconnait son nom et notre empire,
Honneur, bonheur, à Napoléon trois !

Digne Louis, par ta noble sagesse,
Un peuple heureux te montre au monde entier ;
De l'Homme enfin, qu'on chantera sans cesse,
Voyons en toi le puissant héritier.
Par tes écrits, ta parole profonde,
Tu fais trembler les tyrans et les rois ;
Comme Jésus, sois ls Sauveur du monde,
Honneur, salut, à Napoléon trois ! !

UNE LARME A MAXIMILIEN.

Air : *Du dernier baiser.*

Qu'ast-tu fait, Juarez, du Prince magnanime.
Du soldat qui luttait?... — Déjà le monde en deuil
Repousse l'assassin en apprenant le crime :
Il est des morts qu'on pleure avec un juste orgueil,

Peut-être tu pouvais disputer sa couronne,
Mais livrer ton rival aux bourreaux inhumains!....
Non! non! crains à ton tour que le sort t'abandonne,
Et qu'un autre Lopez venge les mexicains.

Juarez, c'est par toi que son malheur s'achève...
Tu détruis son pouvoir, mais le tien va finir,
Un Dieu vengeur te suit, tremble, son bras se lève,
Prêt a te condamner, tout prêt à te punir !

Adieu, digne Empereur, d'éternelle mémoire,
Tu sus tomber en brave et vaillamment mourir ;
Ton nom, Maximilien, restera dans l'histoire,
L'Autriche compte encore un illustre martyr.

TAIS-TOI MON CŒUR.

Air: *De la valse des comédiens,*

Mon pauvre cœur, pourquoi veux-tu qu'on t'aime?
Tes beaux vingt ans sont passés pour toujours ;
Pense à ton Dieu que pour toi je blasphême...
Pense à lui seul, à lui seul tes amours.

Tu veux aimer?.. mais ne sois plus si tendre,
Allons, marchons!... je veux te ranimer,
Contre moi-même il faudra te défendre,
Tais-toi mon cœur, il ne faut plus aimer.

J'ai cru longtemps à la brune, à la blonde,
Pour être aimé j'ai versé bien des pleurs,
Mais que veux-tu, tout est faux dans ce monde,
Serments d'amour sont des serments trompeurs;
N'espère plus, à quoi sert l'espérance ?...
Hélas! tu meurs... je veux te ranimer,
Je vois tes maux, je connais ta souffrance,
Tais-toi mon cœur, il ne faut plus aimer.

Mais qu'ai-je dit... j'adore trop Marie,
Je veux la voir, je veux suivre ses pas,
Lui dire enfin : « ma ravissante amie, »
« Quoi! sans amour, peut-on vivre ici-bas ? »
Mon pauvre cœur qu'en dis-tu ?... fais courage,
Espère en Dieu... je veux te ranimer,
J'ai su pleurer, j'ai su braver l'orage,
Parle mon cœur, il faut encore aimer !!

PERFIDE AMANT.

Air: *Voici l'hiver.*

Perfide amant tu fais couler mes larmes,
Perfide amant cause de mes malheurs,
Pourquoi t'aimer? tu méprises mes charmes,
Mon sot amour me fait verser des pleurs.
J'aurai vendu, j'aurai donné mon âme
Pour être aimée un seul instant de toi,
Mais aujourd'hui, je sens mourir la flamme
Qui m'aveugla, qui fit trahir ma foi.

Perfide, ingrat, pourquoi t'aimer encore
Lorsque mon cœur a souffert si longtemps ?
Des jours heureux je ne vois plus l'aurore,
Ma raison fuit... ma vie est sans printemps !
En me quittant tu fais une folie,
Tu crois d'une autre acheter les amours,
Je ne suis plus ta douce et tendre amie...
Je te maudis... mais je t'aime toujours.

Cruel amant, homme lâche et perfide,
J'ai crû parfois à tes serments trompeurs,
Folle -- insensée -- amoureuse et timide
Je raffolai de tes baisers menteurs.
Je souffre, hélas ! je perds toute espérance,
Il faut te dire un éternel adieu :
Va ! ne craint point une juste vengeance,
Mon pauvre cœur te pardonne avant Dieu !

AIMER.

REVÈRIE

AIR: *Avant de s'embarquer pour un lointain voyage.*

Demandez à la brise amoureuse et plaintive
Qui berce tendrement tous les boutons des fleurs,
Demandez aux flots bleus qui caressent la rive
Le mot qui, bien des fois, nous fait verser des pleurs ;
Demandez, demandez à tout ce qui respire
Ce mot pur et charmant le plus doux à nommer,
Le cœur s'animera pour chanter et vous dire :
Le mot le plus divin « c'est aimer ! c'est aimer !

Demandez aux refrains, aux chansons des poètes,
Demandez aux oiseaux, — aux parfums du printemps,
Au docile berger, — aux doux nids des fauvettes,
Demandez même encore aux berceaux des enfants:

Demandez, demandez à tout ce qui respire,
Ce mot céleste et pur le plus doux à nommer,
Le cœur s'animera pour chanter et vous dire :
Le mot le plus divin « c'est aimer ! c'est aimer! »

Demandez au zéphir, — au vallon solitaire,
Au faible, – au riche, – au fort, – aux princes, – rois et dieux;
Demandez tous les jours aux femmes sur la terre,
A la nature enfin, aux anges dans les cieux ;
Demandez, demandez à tout ce qui respire,
Ce mot si tendre et pur le plus doux à nommer,
Le cœur s'animera pour chanter et vous dire :
Le mot le plus divin « c'est aimer ! c'est aimer ! »

LE NATURALISTE.

Air: *Agnès était une jeune innocente.*

Soit à cheval, à pied, comme en voiture,
En large, en long et même de travers,
Vous avez beau parcourir la nature,
Tous les pays de ce vaste univers ;
Si vous trouvez qu'en ce monde il existe
Un seul esprit qui m'égale, je veux,
Sur mon honneur de grand naturaliste,
Vous régaler trois jolis merles bleus.

A mes côtés les plus grands de la France :
Buffon, Cuvier, ma foi, ne sont plus rien,
Vous, beaux esprits, sortez de l'ignorance,
Ecoutez tous, surtout comprenez bien.
J'aime à chanter cette ménagerie...
Que vous nommez le monde ou l'univers,
Je sais à fond les choses de la vie...
Faites silence, écoutez bien mes vers.

Je vends, Messieurs, le *cardinal* au prêtre,
Aux gens armés je garde les *roquets*,
Le *lionceau* pour le fat petit-maître,
Pour l'avocat des jolis *perroquets*.
Je vends aussi la terrible *panthère*
Aux mauvais cœurs, à l'avare, — aux méchants,
J'ai le *serin* pour l'amant de Cythère,
Pour les commis, j'ai des *singes* savants.

Au charpentier je conserve la *grue*,
J'ai le *merlan* pour les garçons coiffeurs,
Pour les sapeurs je garde la *barbue*,
Les *rossignols* pour les adroits voleurs ;
J'offre le *paon* à l'âme vaniteuse,
J'offre *l'abeille* à tous les gens mielleux,
Je vends la *poule* à toute femme heureuse
Et le *lapin* aux bigots, aux peureux.

Le *pélican*, je l'offre à la famille,
J'ai de bons *chiens* pour la fidélité,
J'ai des *pigeons* pour toute jeune fille,
J'ai des *brebis* pour la docilité.
Je ne vends pas, entrez, Messieurs, je donne
Mes animaux que j'aime et je chéris,
J'ai le *pinson* pour l'humble prima-donne,
Sans oublier le *caniche* aux amis.

L'on voit encor dans ma ménagerie,
Pour vous charmer, différents petits *coqs*,
Que par plaisir et par galanterie
J'offre de cœur à messieurs les escrocs.
Aux paresseux je garde la *marmotte*,
Pour eux, vraiment, c'est un heureux trésor,
J'offre les *rats* aux tireurs de carotte,
Pour les richards, j'ai *la poule aux œufs d'or*.

J'ai des *poulets* pour les graves chanoines,

J'ai le *cheval* pour le preux cavalier,
J'ai des *dindons* pour les sœurs et les moines,
Pour le chasseur je garde le *gibier* ;
Aux prisonniers j'offre les hirondelles,
Aux maris laids je garde les *coucous*,
Aux bons danseurs j'offre les *sauterelles*,
Pour les cocus je garde les *hibous*.

A la candeur j'offre la *demoiselle*,
Le *blanc ramier* je l'offre aux voyageurs,
Au cœur amant je vends la *tourterelle*,
Je vends les *chats* aux marchands, aux voleurs ;
Entrez, Messieurs, à toutes mes pratiques
Je peux fournir sur tout échantillon,
Je vends aussi des bêtes domestiques :
Le tendre *agneau*, l'amoureux *papillon*.

J'ai des *homards* pour tous les démocrates,
J'ai des *moutons* que j'offre aux électeurs,
J'ai le *grand-duc* pour les aristocrates,
La *taupe* enfin pour les réformateurs.
J'ai le *Dauphin* pour les bons royalistes,
Les *étourneaux* je garde au parlement,
J'ai des *poissons* pour tous les anarchistes,
J'en garde aussi... pour le gouvernement.

Je garde l'*ours* pour les vaudevillistes,
Je garde l'*oie* aux mauvais écrivains,
J'ai le *canard* pour tous les journalistes,
J'ai des *oiseaux* pour les républicains. —
— Mes chers lecteurs, s'il se peut qu'il existe
Un seul esprit qui m'égale, je veux,
Sur mon honneur de grand naturaliste,
Vous régaler trois jolis merles bleus !

LE DRAPEAU FRANÇAIS.

Air de la *Pologne.*

Flotte toujours cher drapeau de la France,
Tu fus l'honneur de nos dignes guerriers,
Toi seul servit de phare à leur vaillance
Quand dans la boue on jettait nos lauriers !
Flotte à jamais au char de la victoire,
Noble drapeau partout si redouté ;
Guide nos pas au sentier de la gloire,
Astre éclatant de notre liberté !

Peuples, brisez la chaîne des esclaves,
Guerre aux tyrans, renversez vos bourreaux !
Pour la patrie il faut être des braves :
Réveillez-vous à ces accents nouveaux.
Sous l'étendard dont la France s'honore,
Trouvant le pain de l'hospitalité,
Vous bénirez le drapeau tricolore,
Car sous ses plis règne l'égalité !

Nos preux soldats savent que Dieu protége
Les trois couleurs qu'on se plaît à nommer ;
Guerre, infamie, outrage et sacrilége
Si l'étranger osait les profaner !
Notre étendard couvrit plus d'un grand homme,
Déployons donc aujourd'hui ce drapeau ;
Ces nobles plis que partout on renomme,
A l'univers serviront de flambeau !

A Madame ***

—

MON RÈVE D'AMOUR.

Air de l'*Hirondelle.*

Madame, permettez que je vous dise un songe
Qui vous amusera pendant quelques instants,
« Il est vrai qu'ici bas tout est songe et mensonge, »
Mais parfois la douleur fait place aux doux moments.

. . . .

Voici mon rêve: — Un soir, accablé de tristesse,
Rentrant chez moi fort tard, je me vis transporté
Dans un riche salon.. — Jugez de mon ivresse,
Car dans ce cher Eden, je vis, ô volupté !!..

Figurez-vous, Madame, une femme charmante
Possédant des yeux bleus, mais bleus comme l'azur,
Des traits de Raphaël — une peau ravissante,
Un sourire enfantin — un tein rose — un front pur ;
Un corset indiscret, — une taille divine,
De jolis cheveux noirs — un regard très-heureux,
Un nez grec — un cou blanc — une main blanche et fine
A faire devenir un chanoine amoureux.

Figurez-vous encor cette femme adorable,
Dormant sur un sopha, laissant voir ses mollets,
Des pieds de Cendrillon, — une pose admirable...
Dont un soleil de mai m'envoyait les reflets...
Je crois qu'un jeune abbé, malgré son air céleste,
A ma place aurait fait... ce qu'on fait tous les jours...
Madame, je vous prie, épargnez-moi le reste....
Je pense en avoir dit plus qu'on en dit toujours.

— « J'allais lui dire enfin, ma chère âme je t'aime ! »
« J'allais lui dire aussi... » — Vous rougissez... pardon...
Je rougis à mon tour, car cet aveu suprême
Aurait pu tout d'un coup égarer ma raison;
Je m'approche tremblant de l'ange qui m'enflamme,
Heureux de le toucher... de le voir tour à tour...

. . . .

Dans mon lit, l'autre soir, pensant à vous, Madame,
Je fesais, je rêvais,... ce doux rêve d'amour ! !

MA CHANSON.

AIR du *Rondeau des deux maîtresses.*

Ouvre tes rangs ravissante Bohème,
Ouvre tes rangs, fais place au chansonnier,
Place pour moi : pour lire mon poëme
Je ne veux pas arriver le dernier.
Versez, amis, le vin seul me fait vivre,
Aimons, buvons, vivons au jour le jour,
Vive Bacchus, Evoé, je suis ivre...
Je chante, heureux, la chanson de l'amour !

O vous, amants ! qu'une folle chimère
Vous fait courir les jardins et les bois,
Le vrai bonheur naît au doux bruit du verre,
Voilà l'amour, j'aime à suivre ses lois !...
Oh ! que la vie est bien douce et bien belle,
Jeunes garçons qui possédez vingt ans,
On croit alors toute femme fidèle :
Vous confondez l'automne et le printemps.

A moi Bacchus ! versez, chers camarades,
A moi les chants, les fleurs et les plaisirs ;

Vive Evoé, j'adore les rasades,
A moi le vin, loin de moi les soupirs.
Versez toujours, j'ai vingt ans, je veux vivre,
A moi Vénus, j'ai soif de volupté,
A moi la vie, il faut que je m'énivre,
A moi l'amour, à moi la liberté!

UNE LARME A MA MÈRE.

AIR : *Avant de s'embarquer pour un lointain voyage.*

O vous enfants chéris qui choyez une mère,
Qui possédez encor l'idole de mes vœux,
Écoutez les sanglots que ma douleur amère
Arrache de mon cœur bien triste et malheureux.
L'Éternel m'a volé le trésor que je pleure,
J'ai perdu pour jamais le rêve de mes jours,
Mais j'attends plein d'espoir ce moment ou cette heure
Où je dois la tenir... la revoir pour toujours.

Dieu puissant et jaloux, ta volonté suprême
M'a ravi, jeune encor, l'idole qui n'est plus,
Je crois avoir le droit de te dire un blasphème !..
Hélas? pourquoi jurer ?.. mes pleurs sont superflus.
Vous, petits chérubins, chère troupe amoureuse
Qui pouvez, chaque soir, votre mère embrasser,
Je vous en prie, enfants, rendez-la bien heureuse,
Car elle doit un jour, comme moi, vous laisser.

J'avais quinze ou seize ans, lorsque ma tendre mère
En m'appelant me dit : « mon pauvre fils, adieu...
« Je te quitte à regret, soit sage, prie, espère...
« Nous nous retrouverons plus tard auprès de Dieu. »

A ces mots ses beaux yeux s'inondèrent de larmes ;
Elle me regardait et pleurait sur mon sort ;
Pourtant elle voulut, en calmant mes alarmes,
Me donner pour toujours le baiser de la mort !

L'HIRONDELLE.

AIR : *Mon cœur a tant pleuré qu'elle me pleurera.*

Quel changement nouveau dans toute la nature !
Tout nous dit, nous présage un doux et beau printemps,
Nos jardins, nos côteaux reprennent leur verdure,
Et les plus belles fleurs émaillent tous nos champs.
Voici venir l'oiseau, le messager fidèle,
De son voyage enfin le voici de retour ;
Chasseurs, je vous en prie, épargnez l'hirondelle,
Elle m'apporte encor l'espérance et l'amour.

Pour détruire et saisir tout insecte perfide,
Elle aime à nous revoir pendant chaque saison,
La voyez-vous chercher en son vol si rapide
Ces malfaiteurs de l'air, véritable poison ?
Ah ! tournez votre ardeur si vive et si cruelle
Contre les assassins, le loup et le vautour ;
Chasseurs, je vous en prie, épargnez l'hirondelle,
Elle m'annonce encor le bonheur et l'amour.

Dans son nid, plein d'effroi, j'en prends une endormie,
Je l'emporte bien loin tout tremblant et sans bruit,
Heureux, je la renvoie à mon aimable amie
Qui l'attend, la désire en son humble réduit.
Laissez voler en paix ma colombe fidèle ;
Protégez-la, mon Dieu, venez à son secours ;
Chasseurs, je vous en prie, épargnez l'hirondelle,
Ce tendre messager qui porte mes amours !

3

LA ROSE.

Romance sur l'air de *Joseph.*

La jeune fille aime la rose
Qu'elle place près de son cœur,
Sous son corset quelque autre chose
Est aussi rose que la fleur.
L'amant dans le jardin de Flore
Aime à la cueillir doucement;
Souvent le feu qui le dévore
S'éteint dans ce tendre moment.

O Rose charmante et mignonne,
Que tes appas sont ravissants!
Je tresserais une couronne
Pour orner tes traits séduisants...
Que ne suis-je cette onde pure
Qui baigne ton aimable sein!
Que ne suis-je cette parure
Qui t'enveloppe après le bain!

Cette fleur, que l'amant venère
A toute heure de chaque jour,
Naît dans un petit coin de terre
Sous la garde de son amour.
Sa beauté méchante et divine
De tout temps chacun l'adora;
Si j'en trouve une sans épine
Je la destine à ma Rosa!

LA POLOGNE.

HYMNE PATRIOTIQUE.

AIR: *Venez, enfants de la belle Italie.*

Quel bruit confus vient frapper mon oreille?
J'entends de loin le signal du combat;
J'entends les cris d'un peuple qui s'éveille;
Pour la patrie on meurt, on est soldat.
Arme tes bras, Pologne brave et forte!
Secoue enfin ton joug si détesté......
Depuis longtemps, Pologne, on te croit morte...
Bientôt viendra le jour de liberté!

De tes martyrs la cendre encor brûlante,
Va ranimer de tes enfants la foi,
Va! ne crains point une guerre sanglante,
Car Dieu le veut: Pologne lève-toi!
Lorsqu'on verra par ton ardent courage,
D'un Dieu puissant la sainte volonté,
Peut-être alors ton infâme esclavage...
En le foulant naîtra ta liberté.

Peuple, il est temps que chacun se réveille!..
Que l'étranger quitte le sol natal,
Peuple, sois prêt, travaille, espère et veille
Tu dois bientôt briser un joug fatal!..
Pour sa patrie on doit tomber en brave;
On doit mourir pour un plus doux destin,
Mais que chacun au fond du cœur se grave:
La liberté ne veut point d'assassin!

LES PLAISIRS DE LA VIE.

AIR: *Partant pour la Syrie.*

De vivre en homme sage
J'ai des puissants désirs;
J'ai consulté mon âge
Sur le choix des plaisirs.
Je ne pouvais mieux faire,
Car pensant tour à tour,
J'ai trouvé nécessaire
D'aimer Bacchus, l'Amour.

Bacchus, dieu de la treille,
M'a dit : « Il faut m'aimer...
« Auprès d'une bouteille
« Il faut seul s'enflammer. »
Si Bacchus mit sa gloire
A chanter le bon vin,
Je conclus qu'il faut boire
Et vivre sans chagrin.

Les vrais soutiens du monde
Sont le vin, la beauté;
Sans eux la boule ronde...
N'a point de volupté;
Le vin et la tendresse
Suffisent à nos vœux :
Aimons, buvons sans cesse,
Seul secret d'être heureux !

L'ANGE DÉCHU.

Air : *Mon cœur a tant pleuré qu'elle me pleurera.*

Aimable et douce enfant si fraîche et si jolie,
Elle avait pour trésor sa sainte pureté !
Sous les yeux des parents à l'abri de l'envie,
Elle vivait heureuse avec sa chasteté.
Bientôt un officier... ô douleur trop amère !
Fut vivement séduit par ses nombreux appas ;
Vous qui savez combien l'amour est éphémère :
Je vous en prie, amis, ne la maudissez pas !...

Quand de tout son malheur elle eut la certitude,
Triste, pâle, souffrante, elle voulait mourir...
Une atroce douleur tira d'incertitude
La malheureuse mère inhabile à souffrir.
Elle allait accoucher... A son devoir fidèle....
L'Eternel Tout-puissant empêcha son trépas ;
Vous qui savez combien son fils est aimé d'elle,
Je vous en prie encor, ne la maudissez pas !...

Joie à l'Ange déchu dont l'infâme blessure
Saura le prévenir du souffle corrupteur !...
Si son corps est souillé, son âme est toujours pure,
Que le mépris s'attache au front du séducteur !

. . . .

Mais aux plus doux discours peut-on être rebelle,
Quand l'amour et l'espoir ont de si chers appas ?
Vous qui savez combien elle était chaste et belle :
Je vous en prie enfin, ne la maudissez pas !...

La beauté d'une femme est le miroir des fous.

Air de l'hirondelle.

L'autre jour, je pensais que ma douce maîtresse
Etait le seul objet qui pourrait m'enflammer ;
Je croyais pouvoir seul obtenir sa tendresse,
Je croyais que nos cœurs s'entendaient pour aimer ;
Ses désirs me flattaient, j'honorais sa faiblesse ;
De ce puissant amour mon cœur était jaloux ;
Aujourd'hui, mes amis, je chante avec ivresse :
La beauté d'une femme est le miroir des fous !

Mon amie était jeune, amoureuse, adorable ;
Je l'aimais tendrement, j'estimais ses rigueurs ;
J'étais tendre, assidu, d'un caractère aimable...
Je croyais que les cœurs étaient le prix des cœurs ;
Hélas ! je me trompais. — Pour un baiser perfide,
J'aurais vendu mon âme et fléchi le génoux...
De ses charmants appas je ne suis plus avide. .
La beauté d'une femme est le miroir des fous !

Je me faisais aimer, j'étais utile au monde ;
Je suffisais à tout ; peines, chagrins, rivaux,
Rien n'osait arrêter une âme vagabonde ;
Qui prévoyait dans tout quelques succès nouveaux.
J'ai perdu par degrés les erreurs les plus chères !
Aujourd'hui de l'amour je brave le courroux,
Tous les serments d'amants sont des mots éphémères :
La beauté d'une femme est le miroir des fous !

L'HOMME AU MASQUE DE FER

Romance dramatique.

AIR : *Le même soir qu'Alexis se marie.*

Masque de fer, voilà mon nom d'enfance,
Que m'ont donné tous mes persécuteurs;
Pauvre martyr.... on me force au silence,
Je souffre en paix leur fatale fureur ;
    Plein de tristesse,
    Pleurant sans cesse,
Depuis longtemps le malheur me poursuit.

Dans cette tour, dans la prison infàme,
Je ne vois rien ;... mes sauvages bourreaux
Ne veulent pas que j'adore une femme...
Il faut souffrir bien des tourments nouveaux;
    Sans espérance,
    Mon existence
Se passe ainsi sous d'injustes bandeaux.

Je vis tout seul dans ma douleur amère,
Sans un ami dans ce triste séjour,
J'ignore encor les baisers d'une mère,
Pour elle, ô Ciel ! j'aurais eu tant d'amour !
    France cruelle,
    Me priver d'elle,
Oh ! c'est mourir à chaque heure du jour.

Plus de sommeil, plus de repos je goûte,
Dieu tout-puissant daigne me secourir,
Toi seul es bon... mais pour juste, j'en doute...
Que t'ai-je fait pour me faire souffrir ?
    Dans cette enceinte,
    Mon âme a crainte...
Quel doux bonheur si je pouvais mourir !

Mon pauvre cœur voici le jour de gloire...
Il faut partir pour un climat plus cher...
Espère en Dieu... bientôt ma triste histoire
Leur fera voir tous mes tyrans d'enfer !
   Adieu, demeure,
   Car, dans une heure,
La mort prendra *l'Homme au masque de fer.*

LE CHOLÉRA NE SÉVIT POINT A NICE.

Cantate composée le 1ᵉʳ septembre 1866.

AIR : *Si les fleurs parlaient.*

Chantons, Niçois ! entonnons des cantiques !
Chantons le Dieu qui sait nous protéger ;
Faisons des vœux, des prières publiques,
Car dans son ciel il sait nous héberger...
O vous, menteurs, pleins d'infâme malice,
Qui critiquez notre aimable pays,
Le choléra ne sévit point à Nice !
C'est un Éden, un charmant paradis !

Cloches, sonnez de doux sons d'allégresse !..,
Orgues, jouez des airs harmonieux !...
Tonnez, canons ! et que des cris d'ivresse,
A l'unisson s'élèvent jusqu'aux cieux !
Notre climat, rendons-lui tous justice,
Sait repousser le fatal ravageur :
Le choléra ne sévit point à Nice !
C'est un Éden de bonté, de douceur !..,

Il faut narguer ce fléau si terrible ;
Il faut braver sa puissante fureur,
Ne craindre rien, avoir l'âme inflexible,
Aimer Bacchus, surtout boire de cœur...
Les chagrins seuls nous portent préjudice,
Mieux vaut chanter la grande vérité :
Le choléra ne sévit point à Nice !...
C'est un Éden de bonheur, de gaîté !

Journaux locaux, écrivez sans relâche !
Au monde entier prouvez, prêchez longtemps
Que pas un cas qu'on connaisse, qu'on sache
N'a point encor troublé nos doux moments...
Journaux lointains, cessez tout artifice !
Démentissez... dites sans lâcheté :
Le choléra ne sévit point à Nice !...
C'est un Éden de plaisir, de santé !

Vous, magistrats, qui l'état sanitaire
De ce pays avez su maintenir,
Vous avez fait — plus qu'on aurait pu faire,
Soyez heureux : c'est notre cher désir.
Vous avez fait plus d'un grand sacrifice,
La croix d'honneur vous avez mérité :
Le choléra ne sévit point à Nice !...
C'est un Éden, un séjour enchanté !

J'aime à finir ce refrain cholérique...
Sans craindre trop le mal qui fait si peur,
Je crains plutôt une rude critique
De mes amis et de mon cher lecteur.
C'est du plaisir, Niçois, c'est du délice
De répéter constamment tour à tour :
Le choléra ne sévit point à Nice !...
C'est un Éden, un paradis d'amour !

CHANSON BACHIQUE

OU

MON REFRAIN DE CHAQUE JOUR.

AIR : *Loin de nous les soucis, la fortune et la gloire.*

Chantons à l'unisson le dieu de la vendange,
Ce grand consolateur du pauvre genre humain !...
Sous ces puissantes lois le tendre amant se range...
Puisque souvent Bacchus nous fait aimer l'hymen.

REFRAIN.

Gais enfants de l'amour, gais enfants de la table,
Buvons ! car le bon vin nous rend la vie aimable,
Toujours heureux, contents, voltigeons tour à tour,
Des plaisirs de la table aux plaisirs de l'amour.

Laissons les grands journaux parler de politique,
Mais nous, remplis de zèle, allons dire au voisin :
« Que nous importe à nous, Genève ou le Mexique,
« Le temps est-il à l'eau ? le temps est-il au vin ?

Vous qui pour plaidoyer allez à l'audience,
Voulez-vous étourdir tous les gens du barreau ?
Voulez-vous voir fleurir votre sotte éloquence ?
Abandonnez le thé pour le jus du tonneau !

Chérissons le bon vin : bien bête est qui s'en passe,
Aime-t-on ? chante-t-on ? aimons, chantons soudain !
Que pour tous nos plaisirs le choix nous embarasse,
Si l'on parle de boire, ayons le verre en main !

Pour nous un gai dîner vaut la machine ronde,
Car la gastronomie a de charmants appas !...
Que le tour d'un banquet vaille le tour du monde...
Il faut boire et manger même au jour du trépas !

Puisqu'il faudra laisser notre argent sur la terre,
Il faut en profiter et profiter du temps ;
Puisqu'on ne voit là-bas... ni Bordeaux, ni Madère...
A vider la bouteille employons nos instants !

CELA ME FAIT PLAISIR

AIR : *L'amant discret ou : Dans ma cabane obscure.*

J'aime plus que ma vie
Une ange aux doux appas,
Est-ce Agathe ou Julie?
Je ne la nomme pas.
Je veux qu'on la devine,
Je la cache à Zéphir,
Cette ange est ma voisine ..
Cela me fait plaisir.

J'aime sans jalousie,
Malgré tous mes rivaux ;
Mon adorable amie
Ignore tous mes maux.
Jamais en sa présence
Ne m'échappe un soupir,
Je l'adore en silence,
Cela me fait plaisir.

Je la vois dans mes songes
M'embrassant tour à tour,
Hélas ! ces doux mensonges
Me font chérir l'amour !
Je maudis l'existence
Et mon triste avenir,
Aimer sans espérance
Cela me fait plaisir !!...

ROSITA L'ESPAGNOLE

Air : *Pourquoi cet air de fête.*

Rosita de mon cœur, ange aimé que j'adore,
En me quittant, hélas ! m'a quitté le bonheur...
Qui sait si quelque jour te reverrai-je encore ?
Mon âme est toute en deuil et bien triste est mon cœur
Que t'ai-je fait pourtant, réponds, fille insensible ?
Pourquoi de mon amour ne fais-tu plus de cas ?
Le malheur me poursuit... Est-il vraiment possible
Que ma juste douleur me conduise au trépas ?

REFRAIN.

Vous qui la connaissez, dites-lui que je l'aime,
Rappelez-lui toujours que je suis son amant ;
Qu'elle donna sa foi, son cœur et sa main même
A celui qu'elle aima d'un amour innocent...

Que ne sais-je l'endroit ou l'heureux coin de terre
Qui renferme à jamais tes séduisants appas ?...
Entends-tu mes soupirs ? — Non — ô douleur amère !
Pour moi plus de repos, car la mort suit mes pas.
Mes beaux jours de bonheur, mes moments de tendresse
Avaient auprès de toi plus d'un charme enchanteur ;
Pour toujours maintenant, accablé de tristesse,
Je maudis le destin et sa vaine fureur...

Un matin je reçus... volupté sans égale !...
Un vrai billet d'amour... jugez de mon transport ;
Je l'ouvris et j'appris... nouvelle trop fatale...
Ses chagrins, ses malheurs, son pardon et sa mort !
Mon Dieu, que ton vouloir parfois est bien terrible !
Pourquoi, m'as-tu ravi l'idole que j'aimais ?
Que t'ai-je fait, réponds ?... ma demande est horrible !
Toi, je peux t'oublier, mais Rosita... jamais ! ! !

LE BAISER

Romance.

AIR : *Du baiser*.

Ce qui charme la vie
Et rends l'âme ravie,
  C'est un baiser !

Que veut-on à la ronde,
De la brune ou la blonde?
  C'est un baiser.

D'un air qui vous enchante,
L'insecte à chaque plante
  Donne un baiser.

On calme des alarmes,
On sèche bien des larmes
  Par un baiser.

Ce qui conforte l'être
D'un gars qui vient de naître,
  C'est un baiser.

Nourriture bien chère,
Lorqu'une tendre mère
  Donne un baiser.

L'on fait fuir la tristesse,
Et renaître l'ivresse
  Par un baiser.

Ne soyons pas farouche !
Dieu nous forma la bouche
  Pour nous baiser.

4

Même dans la vieillesse,
L'on montre sa tendresse
  Par un baiser.

Pourtant Judas, le traître,
Trahit son divin maître
  Par un baiser.

Ce serait un délice
D'avoir de ma lectrice
  Un doux baiser.

Heureux, si l'homme sage
Donne à mon bavardage
  Un gros baiser !

SOYONS SAGE.

AIR : *Bon voyage, cher Dumollet.*

Vive à jamais le bon jus de la treille !
Vive toujours notre grand Béranger !
Versons, versons cette liqueur vermeille ;
Ne craignons rien et bravons le danger !

REFRAIN.

  Soyons sage,
    Ami buveur ;
Au cabaret arrivons sans naufrage !
  Soyons sage,
    Ami buveur,
Entrons-y tous, car c'est-là le bonheur !

Aimons, rions, quand nous sommes à table
Buvons surtout ! trop chers sont les moments...
Le vin, amis, nous rend la vie aimable...
Quand on est mort, on est mort pour longtemps !

Bouchons, volez! et buvons à toute heure;
Chantons Bacchus! ne nous refusons rien,
C'est arrêté — qu'il faut qu'un jour l'on meure
Qu'importe donc, qu'on soit sage ou vaurien?

Si par hasard quelque malheur vous frappe,
Si le chagrin trouble votre repos?
Ne courez point chez le docte Esculape...
Cherchez du vin : il guérit tous vos maux!

VIVONS AU JOUR LE JOUR.

AIR : *Partant pour la Syrie.*

Chantons, buvons sans cesse,
Végétons sans chagrin!
Noyons nos maux, jeunesse,
Dans un verre de vin...
De fleurs couvrons nos têtes,
Et que le dieu d'amour
Soit présent à nos fêtes,
Vivons au jour le jour!

S'il faut sur l'autre rive
Aller se débarquer,
En brave et bon convive,
Sans crainte du danger,
Cherchons-y bien la treille,
En chantant tour à tour:
Et vive la bouteille!
Vivons au jour le jour!

Aimons à satisfaire
Les amis, les amours...
De notre temps pour plaire
Partageons bien le cours.
Une part est pour boire,
L'autre est pour Cupidon...
Soyons toujours Grégoire
Et chantons ma chanson!

LA MARGUERITE

Romance.

AIR : *Votre cœur m'est fermé.*

Simple étoile des champs, fleur charmante et mignonne,
Près de tes blancs côtés, j'ose venir m'asseoir ;
Je veux pour ton bonheur invoquer ta patronne,
Qui te conservera — belle jusqu'à ce soir.
Adieu : je reviendrai sur cette herbe fleurie
Te contempler encor, t'adorer tour à tour ;
Mais cet espoir est vain, car tu seras flétrie
Peut-être bien avant le tomber de ce jour...

Marguerite des cieux, toi que l'on dit si bonne,
Protège tendrement ton innocente fleur !...
La vois-tu, ce matin qui tremblote et rayonne
Au fond de ce beau val si chéri de mon cœur ?
Vierge du Paradis, jette un regard sur elle...
Il faut si peu, si peu pour la mettre à néant;
Fais si bien que jamais une noire hirondelle
Dans son rapide vol ne la fauche à l'instant !

Daigne empêcher surtout, ô ma sainte Madone,
Qu'un passant, sans vouloir, ne lui creuse un tombeau,
Daigne toujours veiller sur sa blanche couronne ;
Garde-là de malheur, c'est mon vœu le plus beau...
Je retournai le soir ; mon âme était souffrante ;
Je cherchai, plein d'effroi, cette fleur du bon Dieu,
Je la revis enfin, pâle triste et mourante
Et son dernier regard semblait me dire : adieu !

L'OISEAU DE MA LISETTE.

Air de la romance de Joseph.

Un certain soir, une brunette
Vint chez-moi, me parla d'amour:
C'était la charmante Lisette,
Que j'adorai depuis ce jour.
Que mes baisers pleins de tendresse !
Faisaient battre son joli sein !
Le jour qu'elle fut ma maîtresse
Elle m'offrit un beau serin.

Je le mis bientôt dans la cage;
Son chant me faisait tressaillir,
Il était si doux et si sage
Qu'on ne pouvait que le chérir.
Lui seul égayait ma chambrette ;
Pour mon cœur quel heureux destin !
Je pensais toujours à Lisette
Quand je voyais son beau serin.

Mais le bonheur souvent s'envole;
On est morose et malheureux ;
On l'attend, espérance folle !
Car l'amour seul nous rend heureux !
Lisette me fut infidèle;
Jugez quel ne fut mon chagrin ;
Le jour que partit la rebelle
Je vis mourir son beau serin.

ANNITA LA FUGITIVE.

Air de la Marguerite.

Pourquoi vas-tu chercher sous un autre hémisphère
Ce véritable amour dont tu cueillais le fruit?
Sans toi, mon vrai bonheur, que ferais-je sur terre?
Tu règnes, je descends et mon trône est détruit...,
Ah! je l'ai mérité, mon amour est mon crime;
Ma faiblesse pour toi me cause maintenant
Des repentirs affreux dont je suis la victime,
Que tu sus immoler malgré ton grand serment.

Quel infâme démon t'enseigna les prestiges
De cet art infernal dont tu sus m'enivrer?
Qui, charmant bien des cœurs, change tout en prodiges
Te faisant tour à tour te maudire et t'aimer?
L'enfer est dans tes yeux; ta bouche est toute en flamme;
Mais ton cœur juvénil, mon trône et mon autel,
Ah! pour le posséder, je donnerais mon âme...
Pour toi, céleste enfant, je serais immortel.

Moi, révéré des miens, comme un roi tutélaire,
Je soumets ma couronne à ton vouloir sacré;
Je me mets à tes pieds, t'adresse une prière
De m'aimer de rechef, oubliant le passé;
Je t'aimerai toujours, tu seras mon idole,
Mon bon ange gardien, mon dieu de l'avenir;
Oh! viens embrassons-nous!... Espérance frivole...
Tu me fuis pour jamais, tu me laisses mourir!

REFRAIN DE CHAQUE JOUR.

Air : *Gais enfants de Bacchus.*

Gais enfants de l'amour, mes compagnons fidèles,
Venez de toutes parts, boire et chanter en chœur
Les charmes ravissants de nos grisettes belles,
La bonté de Bacchus, le grand consolateur !

REFRAIN.

Loin de nous les soucis, la gloire et la fortune,
A quoi sert la grandeur, elle est trop importune,
Toujours heureux, contents, voltigeons sans chagrin
Du bon vin à Vénus, de Vénus au bon vin.

Je suis le plus grand roi qui règne sur la terre,
Lorsque je suis tout seul dans un fameux repas;
Si le dieu Mars venait me déclarer la guerre,
Pas plus que Jupiter je ne tremblerais pas.

Dans les flots du Bellet, dans mes coupes remplies,
Je noie amours, chagrins... lecteur, fais-en autant.
Je m'enivre toujours, dans mes folles orgies,
Ignorant l'avenir, je jouis du présent !

On me dit que Vénus est toujours favorable,
Toujours bien sympathique aux galants troubadours;
Moi, pour faire des vers et les chanter à table,
Je le dis franchement : au vin seul j'ai recours !

Je veux qu'après ma mort, en fort bonne orthographe,
Sur un morceau de bois on écrive à l'entour :
« Passants arrêtez-vous, et lisez l'épitaphe
« Du plus fameux buveur qu'ait jamais vu le jour !

LA BÉNÉDICTION D'UNE MÈRE.

Air du dernier baiser.

Ma fille, il faut quitter ta mère qui t'adore...
Hélas ! pour me laisser tu te mets à genoux ;
Pourquoi trembler ainsi si ton cœur m'aime encore?
Laisse ici tes parents, va suivre ton époux.
Je n'ai plus aucun droit... Je n'ai que ma tendresse,
Tu ne m'appartiens plus... pense à lui... pense à Dieu !
Pour mon cœur ce grand jour est un jour de tristesse,
L'heure est sonnée, enfant : je te bénis ! — Adieu.

Au milieu du bonheur, au milieu de la joie,
Je te suivrai partout d'un regard maternel ;
Mon cœur quoique content sera toujours en proie
Aux atroces douleurs d'un départ bien cruel.
Pense souvent, Marie, au toit qui t'a vu naître,
Garde un petit baiser pour tes doux souvenirs...
Ton époux est un brave : apprends à le connaître ;
De l'amour conjugal goûte en paix les plaisirs.

Vous qui me ravissez ma colombe chérie,
L'espoir de mes vieux ans, l'idole de mon cœur,
Je vous bénis aussi ! — Je vous donne Marie,
Mon unique trésor ; vivez dans le bonheur...
Vous me remplacerez près d'elle sur la terre ;
Vous me l'avez juré, vous êtes bon chrétien ;
Et si vous l'aimerez comme l'aimait sa mère,
Vous n'aurez que payé le prix de tout mon bien !

LE DISTRAIT.

Air de la Reine Hortense.

Ma vie est drôlatique,
Je ne suis pas parfait,
On voit à mon physique
Que je suis bien distrait;
Pour moi tout n'est pas rose...
Je fais tout de travers...
Lorsque j'écris en prose,
Souvent je fais des vers.

Je m'endors quand je dîne,
Je pleure quand je ris,
Je cause et je badine
Quand je me trouve gris!
Si j'ai mon vin maussade,
Que de malheurs nouveaux!...
Je sucre la salade
Et poivre les gâteaux!...

Heureux dans mon ménage,
Je vis à ma façon,
Je me lave au cirage...
Et me cire au savon!...
Vénus m'est sympathique,
Je l'aime au jour le jour,
Si je suis lunatique
Je m'en prends à l'Amour!

LISA LA DORMEUSE.

AIR : *Adèle était une jeune innocente.*

Réveillez-vous, dormeuse ravissante!
Si ce baiser peut vous faire plaisir,
Pardonnez-moi, ne soyez pas méchante...
Dormez, dormez! ou feignez de dormir...

Si vous craignez que l'Amour vous éveille,
Favorisez... ma douce trahison!
Vous soupirez... votre joli cœur veille;
Laissez en paix dormir votre raison!

Si votre amant vous apparaît en songe,
Oh! jouissez d'une si tendre erreur!
Goûtez, Lisa, les plaisirs du mensonge;
La vérité pourrait vous faire peur!

Sur ce gazon où mollement couchée
Vous m'attirez à chaque heure du jour,
Ne dormez plus, mais restez éveillée
Pour vous aimer d'un véritable amour!

CHANSON PHILOSOPHIQUE.

Air de la Paille — ou des joyeux gourmands.

Boire et chanter, c'est mon devoir;
C'est même plus: c'est ma morale!
Buvons, amis, tâchons d'avoir
Soir et matin l'humeur égale...
Ne profanons jamais le vin;
Mais gardons l'eau pour la lessive.
Profitons tous du jus divin:
Il fait défaut sur l'autre rive!...

Il faut aimer... Adam aima...
Aimons à suivre un tel usage...
Pour nous aimer Dieu nous forma,
Puisqu'il nous fit à son image...
Il faut aimer, c'est le vrai bien;
Suivons, amis, ces lois divines;
Aimons surtout notre prochain,
En commençant par nos voisines!

Buvons, buvons jusqu'au tombeau...
Ainsi le veut l'Eternel juge :
« Tous les méchants ont bu de l'eau,
« C'est bien prouvé par le déluge!
Espérons voir l'eau de nos puits
Changée en vin par un Moïse...
Chaque saison porte ses fruits....
En attendant *qu'on se le dise!*

CHANSON BACHIQUE.

Air du distrait.

Sans boire on ne peut rire,
Les mots sont froids et lourds;
Mais le bon vin inspire
Les plus charmants discours.
Le vin à la vieillesse
Procure d'heureux jours;
Le vin à la jeunesse
Offre un puissant secours.

Nos charmantes grisettes
Cachent de doux contours;
Mais Bacchus en goguettes
Chiffonne leurs atours.
Le temps fuit et nous presse,
Nos dîners sont trop courts;
J'aime à dire sans cesse :
Versez, versez toujours !

Le vin tourne les têtes,
Ce sont là de ses tours;
Mais il fait des conquêtes
Au pays des Amours.
Bien souvent on sommeille
Sur un lit de velours ;
On est gai sous la treille
Et c'est là que je cours!

LA CAVE.

Air de la Paille.

La cave, amis, c'est le seul bien
Du chansonnier quand il veut rire;
Sans le bon vin il ne dit rien,
C'est ce trésor qui le fait vivre;
Lorsqu'il appelle à son secours :
Vin de Madère ou vin de Grave,
On applaudit à ses discours:
Tout son esprit est dans la *cave.*

Lorsque je suis dans mon caveau,
Je chante au milieu des bouteilles ;
Chaque soir un refrain nouveau
Couronne mes joyeuses veilles...
Pourquoi plus d'un gai chansonnier
A-t-il de nos jours l'air si grave?
Hélas! nous chantons au grenier,
C'est un peu trop loin de la *cave*.

Dans la *cave* on fait bien l'amour:
On boit à l'enfant de Cythère;
Le vin nous donne tour à tour
Le plaisir, l'ombre et le mystère...
Ni de liqueur et ni de thé!
Jamais mon gosier ne se lave...
Et quand je perds—quoi? — ma santé
Je cours la chercher dans la *cave*.

LA PIPE.

AIR : *Au Dieu d'amour il n'est rien d'impossible.*

Vive la pipe
Elle dissipe
Tous nos tourments, notre mauvaise humeur;
Plein d'allégresse,
Je le confesse:
Boire et fumer voilà le vrai bonheur!
Si le matin parfois je suis morose,
Vite la pipe et je fume soudain;
Puis, en fumant, je vous fume autre chose...
Quoi donc, ami? — la femme et le bon vin!

5

Dans cette vie
Tout est folie!
Maîtresse, argent, titres, trésors, amours!
Et je peux dire,
Je peux redire :
On a beau faire, on nous trompe toujours!
Vous qui fumez dans des pipes coûteuses,
Vous qui fumez l'or qui n'est pas à vous...
Apprenez tous par mes rimes heureuses,
Le vrai bonheur, c'est la pipe à deux sous!

Dans ce bas monde,
Tous à la ronde
Il faut fumer sans pourquoi ni comment!
Fumée infâme
Que chacun blâme,
Puisqu'en fumant il faut payer comptant!
Pour du tabac on donnerait son âme,
Tout bon fumeur le dit également
Et ce qui fait souvent fumer la femme
— La jalousie! — oh! non, *le mari lent!*

Dans un ménage,
La femme rage
Lorsque l'époux veut fumer trop longtemps;
Mais nos grisettes,
Mais nos coquettes
Fument nos cœurs, la bourse et nos instants!
Quand il faudra passer sur l'autre rive,
La pipe en main et bravant le trépas,
Je pourrai dire en brave et bon convive,
J'ai bien fumé! — courons fumer là-bas!.
Vive la pipe,
Elle dissipe
Tous nos chagrins nous donnant des appas!
Plein d'allégresse,
Je dis sans cesse
J'ai bien fumé! — fumera-t-on là-bas??

ÉPITRE

A MON AMI FRANÇOIS GUISOL

Poète niçois.

Aimable et rare esprit dont l'abondante veine,
Ignore en composant le travail et la peine,
Permets que ton élève aime dans ce recueil
Te nommer son grand maître avec un juste orgueil.
J'honore ton talent : humblement je l'estime,
Apprends-moi, cher Guisol, où tu trouves la rime,
On dirait, quand tu veux, qu'elle vient te chercher;
Tes vers marquent si bien qu'ils savent me toucher;
Dans ce métier pénible où mon esprit se tue,
En vain pour la trouver je travaille et je sue;
De rage, quelquefois, ne pouvant la trouver,
Je suis triste et confus, je cesse de rimer,
Et maudissant cent fois le démon qui m'inspire,
Je fais mille serments de ne jamais écrire;
Je serais très-heureux si pour me tourmenter,
Un destin bien fatal ne me fesait chanter...
Hélas! j'ai beau maudire Apollon et ma Muse,
Mais bientôt mon esprit se soumet et s'excuse;
Il me faut, malgré moi, composer des chansons,
Chanter le vin, l'amour, les fleurs et les saisons.
Toi, qui vois tous les maux, où ma Muse s'abime,
De grâce, enseigne-moi l'art de trouver la rime :
Toi, que par tes écrits en français, en patois,
On aime à te nommer le vrai Boileau niçois!

LA CHANSON DE TOUS LES JOURS.

Air : « *C'est le bon vin.* »

Mes chers amis, permettez que je chante
Cette boisson que tout le monde vante
    Qu'on nomme vin.
C'est cette liqueur charmante
Qu'en ce beau jour permettez que je chante.
    C'est, c'est, c'est le bon vin...
Dans le bon vin noyons peine et chagrin !

Un grand chanteur que sa voix fait parure,
Savez-vous bien ce qui la lui procure?
    C'est le bon vin.
C'est cette liqueur si pure,
C'est le bon vin qui toujours la procure.
    C'est, c'est, c'est le bon vin...
Dans le bon vin noyons peine et chagrin !

Quand certains jours j'ai mon humeur chagrine,
Savez-vous bien qu'elle est ma médecine?
    C'est le bon vin;
C'est cette liqueur divine
Qui de tout temps, oui, fut ma médecine.
    C'est, c'est, c'est le bon vin...
Dans le bon vin noyons peine et chagrin !

Savez-vous bien, après argent, maîtresse
Ce qui toujours franchement m'intéresse,
    C'est le bon vin.
C'est cette liqueur d'ivresse,
C'est le bon vin qui le plus m'intéresse.
    C'est, c'est, c'est le bon vin...
Dans le bon vin noyons peine et chagrin.

J'aime de cœur le beau jus de la treille,
Savez-vous bien à quoi sert la bouteille?
   C'est pour le vin.
C'est pour ce nectar vermeille,
C'est pour le vin qu'on forma la bouteille.
   C'est, c'est, c'est le bon vin...
Dans le bon vin noyons peine et chagrin.

Mes chers lecteurs et mes chères lectrices,
Savez-vous bien ce qui fait mes délices?
   C'est le bon vin.
C'est le plus beau de mes vices,
C'est le bon vin qui fait mes seuls délices.
   C'est, c'est, c'est le bon vin...
Dans le bon vin noyons peine et chagrin.

MASSÉNA

AIR: *Votre cœur m'est fermé.*

J'aime à chanter le preux — dont Nice Maritime
Peut et doit se flatter d'avoir donné le jour;
Ce fils de la Victoire en soldat magnanime
Sur le champ de l'honneur lui prouva son amour!

Masséna! ta patrie oublie encor ta gloire,
Elle aurait dû construire avec amour, bonheur,
Un monument quelconque: éternelle mémoire
De tes fameux exploits, de ta juste valeur.

Qu'importe cet honneur au mérite, au génie?
La Renommée inscrit les noms les plus chéris;
Toi, Nice ingrate, souffre — au moins que chacun crie:
Honneur à Masséna! l'orgueil de son pays!

Pour défendre nos droits et la France et son Maître,
Partout toujours vainqueur il battit l'étranger;
Fidèle à sa patrie -- et tout brave doit l'être --
Il exposa ses jours au milieu du danger.

VENISE EST LIBRE!

Hymne patriotique composé le 6 juillet 1866.

AIR : *la Liberté vous appelle au combat.*

Chantons en chœur de doux chants d'allégresse,
La guerre enfin a fait place à la paix;
Napoléon par sa noble sagesse
Nous rend le calme et triomphe à jamais.
L'Europe voit -- l'éclat dont son œil brille,
De sa grandeur l'univers est jaloux;
Toujours assis au foyer de famille,
Des esprits forts il brave le courroux.

L'Autriche a vu de Victor le courage,
Elle a compris son but et son désir;
Les preux Humbert, Amédé, pleins de rage
Leur ont prouvé qu'on sait vaincre ou mourir.
Tous ces vaillants que l'Italie adore,
Bellonne et Mars les ont fêté, reçu;
L'Autriche sait... (le saura-t-elle encore),
Que le vainqueur peut devenir vaincu??...

Venise est libre!.. elle n'est plus esclave!
La liberté lui sourit pour longtemps...
Car elle a dit comme a dit chaque brave:
Pour battre - un jour - pour mourir des instants!
Soldats, soldats! dont l'héroïsme enchante
Avec orgueil on vante votre ardeur;
Plus enragés que les damnés du Dante
Vous vous battiez pour le Roi, pour l'honneur.

La guerre, hélas! a fait plusieurs victimes,
Leurs noms brillants l'histoire gardera,
Ces malheureux sont des enfants intimes,
Des preux guerriers que l'on regrettera.
A les nommer l'Italie est heureuse,
Dans sa douleur plus belle de son deuil,
Elle a pour eux une larme joyeuse...
« Il est des morts qu'on pleure avec orgueil! »

Si l'oppresseur plus tard prenait les armes,
Reprenez tous ces poignards, ces drapeaux
Que des vaillants baignèrent de leurs larmes,
Frappez alors, forcez vos arsenaux.
Fils de Saint Marc, imitez les Hellènes,
Glaives, canons, prenez pour conquérir;
Ils sont moins lourds que les plus lourdes chaînes!..
Armez-vous tous pour vaincre ou pour mourir.

Grâce aux efforts de notre belle France
Les Vénitiens chantent leur liberté;
Soyez unis et gardez l'espérance
Que Rome un jour soldera l'unité!!
Vivez heureux... travaillez... le temps presse...
L'heure viendra pour montrer votre ardeur;
Mais aujourd'hui chantons avec ivresse
Napoléon, le pacificateur!!!

UN HORRIBLE ATTENTAT.

AIR : *Votre cœur m'est fermé.*

Quel malheur, quel affront et quelle fourberie!
Il vient de se passer un horrible attentat...
Un sacrilége infâme et plein de barbarie
Que n'égala jamais un grand crime d'Etat!...

. . . .

Bacchus punira ceux qui ternissent sa gloire,
Ceux qui ne craignent pas son pouvoir si divin!
Voici le fait : — Ma main en me versant à boire,
M'a versé lâchement — quoi? — de l'eau dans mon vin!

PLUS DE SOUPIRS EN VAIN!

AIR : *Des feuilles mortes.*

Amour, divin amour! mot trompeur, illusoire,
La moitié de ma vie a coulé sous tes lois!
Je veux passer le reste à chanter, rire et boire,
Courir après Bacchus... dans les prés, dans les bois;
Vénus, je t'aime bien, mais je ris de tes charmes...
Plus de fleurs, plus de chants, plus de soupirs en vain;
Cher amour! ton flambeau s'est éteint dans mes larmes,
Que celui de mes jours s'éteigne dans le vin!!

MA PATRIE AVANT TOUT!

Parodie.

AIR : *Soldats, il faut partir.*

Que l'on parle souvent des grandes capitales :
Londres, Madrid, Paris, Vienne, Rome et Berlin,
Que l'on me parle encor des villes principales
Que m'importe cela ? -- Vive où l'on vend du vin !
Gardez vos beaux palais, vos grandeurs sans pareilles
Pour vos princes, vos rois, vos monarques jaloux...
Où le ciel me fit naître est un lieu de merveilles;
Français, je suis Niçois, ma patrie avant tout!

Que l'on ne vienne plus me chanter à la ronde,
Avec un sot orgueil cette vieille chanson :
Tous les bons vins de France « ont fait le tour du monde »
Taisez-vous donc enfin vous n'avez pas raison.
Le Champagne et Bordeaux que toujours on me cite
Ne valent pas, je crois, par justice et par goût
La treille de Saint-Roch et Sainte-Marguerite;
Français, je suis Niçois, mon Bellet avant tout!

Chez moi l'enfant du Nord n'est jamais en colère,
Les mauvais jours d'hiver sont des jours de printemps;
Mon ciel toujours serein l'étranger le préfère
Puisqu'il est à l'abri des injures du temps!!...
Voir en toute saison la campagne embellie,
Un soleil bienfaisant, des fleurs, des fruits partout...
Vivre et mourir content où j'ai reçu la vie...
Français, je suis Niçois, mon climat avant tout !

LE MOT POUR RIRE.

Air de la cave.

A l'unisson versons à flots
Le divin jus d'une bouteille,
Et pour trouver des jolis mots
Courons, courons — où? — sous la treille!
Dans un dîner, dans un festin,
On cherche, on trouve un mot pour rire;
Mes chers amis, c'est le bon vin
Qui bien souvent nous le fait dire.

Cher Bacchus on aime tes lois,
On se plaît à te rendre hommage,
Sous ton empire on est des rois,
Tout autre on est dans l'esclavage.
Quand ton nectar, quand ta liqueur
Me plongent dans un doux délire,
Je suis content, je dis de cœur
Un calembourg — un mot pour rire.

Ce n'est jamais dans les grandeurs
Que nous trouvons la paix, l'ivresse,
Les dignités et les honneurs
Enfantent parfois la tristesse.
Pour moi l'argent et les amours
Sont peu s'ils m'empêchent de dire,
Au dernier moment de mes jours,
Quoi donc enfin? — un mot pour rire!

Chanson aux conteurs d'histoires.

AIR : *Taisez-vous donc enfin.*

Vous qui parlez si bien des Grecs et des Romains !
O vous fameux esprits, tristes conteurs d'histoires,
La France, de nos jours, a des preux plus humains...
Qui se sont illustrés par d'immenses victoires !

Si la Grèce aime à dire avec un juste orgueil,
Les noms fameux d'Achille et de son grand Homère,
La France, de nos jours, porte encore le deuil
De Corneille, Rousseau, Bonaparte et Voltaire.

Si Rome peut citer ses illustres guerriers,
Ses Cicéron, Horace, Ovide et ses Virgile,
La France, de nos jours, garde les doux lauriers
De ses nobles enfants: Lafontaine et Délille.

L'Italie est l'Éden du génie et des arts,
Des Tasse — Raphaël — Petrarque — Mercadante,
La France, de nos jours, compte de toutes parts
Des Ingres, des Auber et plusieurs nouveaux Dante !

ÉPIGRAMMES-CHANSONS.

AIR: *Vivons gaiement.*

I.

Jadis on aurait dû deux fois planter un chêne
Pour mieux symboliser l'arbre de liberté;
Au moins ses fruits glaneux auraient nourri sans peine,
Les braves citoyens qui l'ont si bien planté !

II.

On a beaucoup parlé des affaires de Rome,
Un coiffeur, sans esprit, voulut dire son mot:
— « J'irai; pour sa patrie, on est brave, on est homme...
« Et j'en ferai tomber... car je ne suis pas sot! »

III.

... Charmante et douce enfant que j'adore et j'estime,
Je bénis les attraits dont l'amour m'a frappé,
Mon rival, plus heureux, goûte un bonheur sublime,
Tu nous trompes tous deux, mais il est mieux trompé!

IV.

... Je vous quitte aujourd'hui, femme amante et volage,
Sans dépit, sans orgueil et sans légéreté;
Mon cœur regrette, hélas! un pénible esclavage
En reprenant enfin sa douce liberté!

LE TOMBEAU DE JENNY
(RÊVERIE).

AIR : *Elle n'est plus !*

Tout est faux ici-bas, tout est songe et mensonge,
Qu'un espoir insensé, qu'un vain amour prolonge,
Et dont l'éclat luisant fait souvent nos malheurs.
C'est éclair que nous tous nous appelons la vie
N'est qu'un feu chancelant dont l'âme est éblouie,
Dont la vive clarté va se répandre ailleurs.

Plus on ouvre les yeux, plus la nuit est obscure,
L'Éternel n'est qu'un mot qu'explique la nature,
Impossible à nous tous de pouvoir expliquer.
Un abîme bien sûr où tout flotte et succombe,
C'est le trop vrai trépas, c'est cette triste tombe
Que l'amour, le bonheur font souvent remarquer.

Dans ce lugubre port où l'homme fait naufrage
Malgré tous ses trésors, sa force et son courage,
Un jour j'allai revoir, de Jenny le tombeau.
J'étais triste et souffrant; je pensais à ma mère
Je priais, je rêvais, je disais à la terre :
De pleurer sur les morts qu'il est doux, qu'il est beau!

QUELQUE CHOSE OU RIEN.

Air : *Je ne vais plus à l'école.*

Cherchant selon ma coutume
Le plus aimable refrain,
Je viens de tailler ma plume
Pour me mettre vite en train :
Aucun vers ne se présente,
Quel sort infâme est le mien,
Puisqu'il faut que je vous chante,
Quoi donc?... quelque chose ou rien.

La pauvreté n'importune
Que les esprits insensés;
Moi je ris de la fortune
Des gens qui sont bien placés ;
Je dis toujours à la ronde,
En brave et joyeux chrétien :
« Je serai dans l'autre monde »
Quoi donc?... quelque chose ou rien...

De Bacchus chantant la gloire
Assis sur un grand tonneau,
En son honneur je veux boire,
M'énivrer jusqu'au tombeau ;
Lecteurs, que Dieu vous bénisse,
Vous qui comprenez si bien,
Il vaut mieux que je finisse
Par le vin, Bacchus ou rien!

6

MES VINGT ANS.

Air d'Eugénie.

J'ai mes vingt ans, je cherche une maîtresse,
Je veux aimer pour connaître l'amour ;
Rien, chers amis, n'égale mon ivresse,
A moi Vénus ! je t'aime au jour le jour !
De ce bonheur mon âme en est ravie,
J'ose prévoir des plaisirs séduisants;
Pour boire, aimer et jouir de la vie
Qu'on est heureux de posséder vingt ans.

Jeunes beautés vous êtes ravissantes,
Pour vous déjà je sens battre mon cœur,
Plus je vous vois, plus vous êtes charmantes,
Laissez en paix éteindre mon ardeur.
Dans vos amours si vous êtes fidèles,
Je vous promets d'être des plus constants;
Ah! pour tromper et courtiser les belles,
Qu'on est heureux de posséder vingt ans.

Pour moi le temps fuit à chaque seconde,
Hélas ! vingt ans ne durent pas toujours;
Pour courtiser et séduire à la ronde...
Il faut savoir profiter des beaux jours.
On marche, on court à grand pas vers la tombe,
Vite on arrive aux cinquante printemps,
Si trop d'amour fait qu'un jour je succombe,
Je dirai: Ciel! que n'ai-je encor vingt ans !

UN PEU DE TOUT.

AIR: *Pardonnez-moi Marie.*

On ne ressent jamais ni plaisir et ni peine
Lorsque les dénoûments sont quelquefois prévus,
Le véritable amour, oui, n'a qu'une semaine,
Dont malgré l'amoureux les jours sont convenus.
Commençons : Le *lundi* vous voyez une femme,
Vous faites le galant tout au plus le *mardi,*
Le *mercredi,* ma foi, vous peignez votre flamme,
La Vénus répondra dans la nuit du *jeudi,*
Vous serez très-heureux; vous lui serez fidèle,
Elle vous aimera, parbleu, le *vendredi,*
Mais le *samedi* soir elle sera rebelle
Et le *dimanche* enfin, oh ! tout sera fini !

Air de l'Hirondelle.

Pour être frais et beau pour plaire à ma maîtresse
Ce matin, bons lecteurs, je me suis immolé ;
Malgré mon cher coiffeur, ses fers et son adresse
Mes cheveux ne pouvaient rester un peu bouclé ;
Pendant une heure au moins j'ai souffert le martyre,
Mes cheveux, malgré l'huile étaient ébouriffés,
Quatre cent fois heureux, c'est le cas de le dire,
Ceux que la Providence a fait naître coiffés.

Air des Amazones.

Amis, changer d'amour est chose fort commune :
Ne voit-on pas chez nous, chez des gens différents,
Pour les gros intérêts, les plaisirs, la fortune,
Changer souvent d'idée ou bien de sentiments ?
C'est prouvé que l'orgueil fait tourner bien de têtes,
Pourquoi, mes doux amants, voulez-vous de nos jours,
Lorsque partout on voit -- d'immenses girouettes,
N'en pas trouver aussi chez les plus grands amours ?

Air des Vainqueurs.

Madame la Raison est une bonne amie
Qu'il faut savoir connaître et craindre en même temps;
Quoique fort jeune encor je sais que dans la vie
Pour un mince intérêt on vous flatte longtemps.
Vos glaces, vos miroirs, et tous vos gens en place,
Dont l'avis est parfois presque sollicité,
Nous les voyons souvent tomber dans la disgrâce
Quand ils disent, ma foi, la pure vérité !

CHANTEZ, PETITS OISEAUX.

AIR : *Mes vingt ans.*

Chantez, chantez, gais chanteurs du bocage,
La liberté protége vos buissons;
A la nature aimez à rendre hommage,
En voltigeant, répétez vos chansons.

Chantez, chantez, le soleil va paraître,
L'hiver s'enfuit et voici les beaux jours,
Sur le sommet d'un sapin ou d'un hêtre
Rebâtissez le nid de vos amours.

Chantez, chantez, la campagne embellie
Étale enfin ses bataillons d'épis,
Le papillon de sa robe jolie
De nos vergers émaille les tapis.

Chantez, chantez, sur un lit de misère,
Un chansonnier pleure jusqu'au trépas ;
Si vous saviez ce que c'est une mère,
Petits oiseaux, vous ne chanteriez pas !

CHANSON A MON VIN.

AIR : *Ma charmante maîtresse.*

Mon aimable bon vin, viens dans ma solitude
M'apporter chaque jour le plaisir, le bonheur;
Viens m'énivrer parfois des charmes de l'étude,
Viens enflammer mes sens, mon esprit et mon cœur.

Adorable nectar, dans mon humble ermitage,
Tu me trouves toujours mon Béranger en main ;
J'aime la liberté : ce seul besoin du sage,
En l'aimant, je me crois plus brave et plus humain.

Mais par malheur, l'Amour d'un air doux et timide
A glissé dans mon cœur le plus affreux des maux ;
Dans ta douce liqueur il mit un doigt perfide,
Il me faudra lutter contre tous mes rivaux...

Il y sema les pleurs, les langueurs, la constance,
Les longs et chers désirs, tout ce qui peut charmer
Il oublia, ma foi, d'y semer l'espérance...
Je le dis franchement, toi seul je veux aimer!

IDÉE INHUMAINE.

AIR : *Les femmes honnêtes.*

Si pour chanter le vin le bon Dieu me fit naître,
Je bénis ce bonheur... je bénis mon destin ;
S'il m'avait inspiré de me faire un jour prêtre,
J'aurai bu de son sang en buvant du bon vin!
S'il m'avait fait ensuite Emminence... en ce monde
J'aurai fait, pour le Pape, un fusil-cardinal,
Un gros fusil, tuant six hommes par seconde!...
— Qu'ai-je dit? il faut être humain et moins brutal!!!

CATHERINE SÉGURANA

AIR : *Réveillez-vous soldats.*

Honneur à l'amazone, à l'illustre héroïne
Dont Nice garde encore un heureux souvenir ;
Salut, trois fois salut, vaillante Catherine,
Pour défendre nos droits tu sus vaincre ou mourir!

De nombreux ennemis apportaient le carnage
Dans le fameux château témoin de ta valeur;
Ta parole et tes cris raniment le courage
Des fidèles niçois consternés de terreur.

Nous aimons te nommer la délibératrice,
La *femme à la massue* — au cœur droit, généreux,
La Jeanne-d'Arc enfin de la ville de Nice,
Qui défendit jadis les droits de nos aïeux.

Niçois, peut-être un jour, nous verrons sa statue,
Un monument superbe, élevé, colossal;
Ce bloc immense aura -- dans l'éclair et la nue
Le sommet du donjon pour base et piédestal !

BÉRANGER.

Air : *Viens belle nuit.*

Peuple français pleurez votre poète
Qui célébra la gloire et les amours;
A ce génie, à ce sage prophète,
Versez des pleurs, regrettez-le toujours.
Tout ce qui vit sous ce triste hémisphère
Subit les lois de l'immortel auteur;
Cette âme juste a quitté notre terre
Pour s'envoler dans un monde meilleur.

Contre un pouvoir injuste et tyrannique
Il composa d'éternelles chansons;
La royauté bravant la voix publique
Le fit jeter dans de noires prisons.
Dans son cachot, heureux de sa misère,
Il prédisait un avenir meilleur...
Cette âme douce a quitté notre terre
Pour s'envoler dans un monde enchanteur.

Ses nobles chants enfantaient l'allégresse
Sa noble Muse inspirait les amours;
C'est du plaisir et même de l'ivresse
De le chanter, de le lire toujours.
Cher Béranger, en Apollon, mon père,
J'aime à te dire avec un doux bonheur:
« Ton âme pure a quitté notre terre
« Pour s'envoler près de son Créateur!!

Vers à mon ami JULES BESSI.

Je viens de lire, ami, ton magnifique ouvrage,
Il m'a si bien charmé que mon esprit t'engage
De suivre avec ardeur ce pénible métier
Chéri, malgré les sots, de l'univers entier ;
Car les sots ne sont point de l'univers au nombre,
Ils peuvent tout au plus compter pour le décombre,
Que Paillon, lorsqu'il vient, entraîne dans la mer,
Pour qu'ils n'infectent pas notre salutaire air,
Les malins, cependant, des sots souvent s'en servent
Pour nous faire blâmer toujours ils les conservent ;
Mais puisqu'à bien rimer tu possédes le don
Ne crains pas leur mépris — confrère en Apollon.

                                    François Guisol.

TABLE DES MATIÈRES.

www.ingramcontent.com/pod-product-compliance
Lightning Source LLC
Chambersburg PA
CBHW060812180626
46818CB00002B/791